MORDSWELLE

EVA WOLF

MORDSWELLE

Bibliografische Information der Deutschen Nationalbibliothek:
Die Deutsche Nationalbibliothek verzeichnet diese Publikation in der
Deutschen Nationalbibliografie; detaillierte bibliografische Daten sind
im Internet über http://dnb.dnb.de ab-rufbar.

1. Auflage 2023
© 2023 Eva Wolf

Satz, Coverdesign, Herstellung und Verlag:
BoD – Books on Demand, Norderstedt

ISBN: 978-3-7578-4806-4

PROLOG

Siggi lag im Intensivbett und röchelte leise. Der 56-jährige geschiedene Handwerker war an Schläuchen und Maschinen angeschlossen, die sein Leben erhielten. Derart ans Bett gefesselt, konnte er sich kaum bewegen. Seine Augen blieben geschlossen, aber er war nicht bewusstlos.

Die Kabel an Siggis Monitoren begannen zu leben. Wie Schlangen kringelten sie sich in seinem Bewusstsein durchs Krankenzimmer. Wie nur sollte er je wieder die Kabelverbindungen entwirren? Panik machte sich in ihm breit.

Der Arzt und die Pfleger kamen und gingen, überprüften seine Vitalzeichen und gaben ihm Medikamente. Sie sagten ihm, dass er stabil sei, aber sein Zustand kritisch. Siggi konnte sie hören, aber er konnte nicht antworten. Er war gefangen in seinem eigenen Körper und konnte nicht ausdrücken, was er fühlte.

Erst wenige Tage zuvor war er in die exklusive Privatklinik mit Meerblick eingeliefert worden. Nach der OP hatte man ihn direkt ins Koma legen müssen. Und als er aus diesem wieder langsam zu Bewusstsein kam, glich sein Gehirn einer Horrorwerkstatt. Es reihte Bilder aneinander, wie Perlen auf der Schnur: Herzinfarkt, Bluttransfusion. Lungenbeatmung, Leberversagen, tanzende Gallensteine, die in Richtung Niere wanderten.

Der Nervenzusammenbruch war eine Frage der Zeit

und des Gefühls. Siggi schwitzte, schreckte im Bett hoch –
mit einem stummen Schrei. Dann wurde es wieder dunkel
um ihn.

1. KAPITEL

Dr. Klara Müller betrat die Privatklinik mit einem Gefühl von Aufregung und Nervosität. Sie war frisch examinierte Assistenzärztin und hatte gerade ihre erste Stelle angetreten. Das Klinikgebäude beeindruckte sie sofort, es war ein moderner, lichtdurchfluteter Bau, nahe Emden direkt an der Nordsee gelegen, mit einem atemberaubenden Blick auf das Meer.

Klara wurde von einer jungen Verwaltungsangestellten begrüßt und durch das Gebäude geführt, während ihre Gedanken schweiften, was für ein privilegierter Ort das hier doch war, um Patienten zu behandeln. Sie selbst war gerade erst 26 geworden.

Klara wurde ihrem neuen Chefarzt, Dr. Karsten Fenger, vorgestellt, der ihr einen herzlichen Empfang bereitete. »Willkommen in unserer Klinik, Dr. Müller«, sagte er strahlend. »Wir freuen uns, Sie in unserem Team zu haben.« Klara hatte das Gefühl, dass der fröhliche Mittfünfziger mit den zu früh ergrauten Haaren jemand war, dem sie vertrauen konnte.

Dr. Fenger stellte Klara ihrem neuen Kollegium vor und sie hatte das Gefühl, dass sie gut aufgenommen wurde. Eine Ärztin begrüßte sie mit den Worten: »Willkommen an Bord, wir freuen uns auf Ihre Mitarbeit hier bei uns« und ein Pfleger sagte: »Schön, dass wir Verstärkung bekommen, wir haben hier einiges zu tun!«

Klara war beeindruckt von der Professionalität und dem Wissen der Ärzte und Pflegekräfte. Sie war zuversichtlich, dass sie hier gut arbeiten und einiges lernen würde.

Doch bereits ihre erste Nachtschicht auf der Intensivstation geriet zu einem wahren Albtraum. Es gab ständig Notfälle und sie musste schnell handeln und Entscheidungen treffen. Der Oberarzt, unter dessen Leitung sie arbeiten sollte, war nicht auffindbar und sie musste ganz allein mit den Pflegern die Patienten behandeln.

Klara hatte das Gefühl, dass sie nicht genug Unterstützung hatte und dass sie ständig überfordert war. Sie fragte sich, ob sie die richtige Entscheidung getroffen hatte, als sie diese Stelle annahm.

Trotz ihrer Bedenken arbeitete Dr. Klara Müller hart und tat ihr Bestes. Sie war entschlossen, ihre Fähigkeiten unter Beweis zu stellen und ihre Patienten erfolgreich zu behandeln.

2. KAPITEL

Krankenpfleger Max Heitmann betrat Siggi Meyers Zimmer und ging zu seinem Bett. Er grüßte ihn nicht und sagte kein Wort. Heitmann war ein großer Mann von etwa 1,90 m mit breiten Schultern und einem muskulösen Körperbau. Er hatte kurzes, dunkelbraunes Haar und einen kantigen Kiefer. Seine Augen waren dunkelbraun und hatten einen harten Ausdruck. Er trug die übliche blaue Krankenpfleger-Uniform und machte eine ernste Miene.

Heitmann begann, eine Infusion anzuschließen, und Siggi spürte, wie die Flüssigkeit in seinen Körper floss. Er hatte das Gefühl, dass etwas ganz gewaltig nicht stimmte. Er sah zu Heitmann auf und versuchte, ihm in die Augen zu sehen, aber der Pfleger sah weg.

Plötzlich begann Siggi, starke Schmerzen in der Brust zu spüren, die sich auf seinen linken Arm und seinen Hals ausbreiteten. Er keuchte und versuchte, Heitmann um Hilfe zu rufen, doch kein Ton kam aus seinem Mund. Der Pfleger sah ihn an, aber sein Gesichtsausdruck blieb unverändert und er tat nichts, um zu helfen.

Siggis Herz begann zu rasen und er spürte, wie seine Atmung immer schwieriger wurde. Er hatte das Gefühl, dass er kurz davor stand zu sterben und er konnte nichts tun, um es zu verhindern. Max Heitmann sah ihn einfach nur an, ohne irgendetwas zu tun, während Siggi immer schwächer wurde und schließlich das Bewusstsein verlor.

Dr. Klara Müller eilte zu Siggi Meyers Bett, als sie den Alarm hörte. Sie rief: »Was ist hier los? Was ist passiert?«, als sie das Zimmer betrat und sah, dass Pfleger Max Heitmann bereits dort war und eine Herz-Lungen-Massage durchführte.

»Der Alarm wurde automatisch vom EKG ausgelöst, ich war gerade bei ihm und sah, dass er keine Herztätigkeit mehr hatte«, sagte Heitmann und fuhr fort mit der Herz-Lungen-Massage. Klara sah ihn an und fragte sich, wie er so schnell beim Patienten gewesen sein konnte, da sie Siggi Meyer gerade erst vor wenigen Minuten in seinem Zimmer besucht hatte und alles in Ordnung schien.

Klara hatte keine Zeit, weiter darüber nachzudenken, sie sprang sofort in Aktion und übernahm die Führung: »Los, wir müssen ihn wiederbeleben, machen Sie Elektroschocks bereit!«, befahl sie dem Pfleger und begann mit der Herzmassage.

Klara und Heitmann arbeiteten schnell und effizient zusammen, um Siggi wiederzubeleben, aber es war zu spät. Der Patient war bereits tot und Klara war ratlos, wie sich sein Zustand so schnell verschlechtern konnte. Sie sah Heitmann an und fragte sich, ob er etwas versäumt hatte, als er sich um den Patienten kümmerte. »Ich verstehe das nicht, warum hat das passieren können?«, fragte sie ihn.

Heitmann schüttelte den Kopf und sagte: »Ich weiß es nicht, es tut mir leid. Ich habe alles getan, was ich konnte.« Klara nickte und wandte sich ab. Sie wusste, dass es jetzt wichtig war, die Angelegenheit zu untersuchen und herauszufinden, was genau passiert war. Mit einer schweren Last auf ihren Schultern verließ sie das Zimmer und eilte zum nächsten Notfall.

3. KAPITEL

Das Wasser war ruhig und glatt wie ein Spiegel, als die zwei Paare auf die Nordsee hinausfuhren. Der Himmel blieb blau und wolkenlos und die Sonne strahlte hell und warm auf ihre Gesichter. Das Segelboot glitt lautlos durch das Wasser und die vier genossen die Schönheit der Umgebung.

Die salzige Seeluft blies erfrischend und reinigend in ihre Gesichter und die Wellen plätscherten sanft gegen den Rumpf des Bootes. Die Paare lachten und plauderten, während sie das Boot in Richtung Horizont steuerten. Sie entdeckten Seehunde in der Nähe und beobachteten, wie die Vögel in der Luft kreisten.

Die Sonne ging langsam unter und tauchte den Himmel in ein spektakuläres Farbenspiel aus Orange, Rosa und Purpur. Maria drehte sich zu ihrem Mann Walter um und sagte: »Schau dir das an, das ist einfach unbeschreiblich. Ich kann nicht glauben, dass wir das endlich gemacht haben.«

Thomas und seine Frau Inge stimmten zu und sie unterhielten sich über ihre Pläne für die Zukunft und die Erinnerungen, die sie an diesen Törn behalten würden. Sie lachten und genossen die Gesellschaft des anderen, als plötzlich das Satellitentelefon klingelte. Thomas nahm den Anruf entgegen und hörte eine Stimme am anderen Ende sagen: »Es tut mir leid, Ihnen mitteilen zu müssen, dass Ihr Vater, Siggi Meyer, heute im Krankenhaus verstorben ist.«

Die Freude und das Lachen verwandelten sich in Schock und Trauer. Thomas Schwester Maria schrie: »Nein, das kann nicht sein! Wie konnte das passieren?« Thomas versuchte, die Fassung zu bewahren und fragte: »Wann ist es passiert? Was ist die Todesursache?«

»Es tut mir unendlich leid«, sagte Assistenzärztin Dr. Klara Müller mit sanfter Stimme. »Ihr Vater hat völlig unerwartet einen Herzinfarkt erlitten.«

Die Familie war geschockt und ungläubig. »Aber wie konnte das passieren? Mein Vater war doch kerngesund«, fragte Thomas. »Siggi war doch nur wegen Schmerzen im Bauchraum im Krankenhaus.«

Dr. Müller erklärte etwas genauer, dass Siggi während seiner Aufnahme unerwartet Komplikationen entwickelt hatte und auf die Intensivstation verlegt werden musste. »Wir haben alles in unserer Macht Stehende getan, um ihn zu retten, aber leider konnten wir ihn nicht mehr stabilisieren«, sagte sie mit aufrichtigem Bedauern in der Stimme. »Ich verstehe, dass dies für Sie und Ihre Familie eine schwere Zeit ist und ich bin hier, um Ihnen zu helfen und alle Ihre Fragen zu beantworten.«

Fassungslos legte Thomas das Telefon auf und wandte sich an seine Familie. »Es ist vorbei«, sagte er mit tränenerstickter Stimme. »Vater ist tot.«

Maria brach in Tränen aus und ihr Mann versuchte, sie zu trösten. »Es tut mir so leid«, sagte er und hielt sie fest. »Ich weiß, wie sehr du ihn geliebt hast.« Thomas ging auf und ab und raufte sich die Haare. »Was sollen wir jetzt tun?«, fragte er. »Vater wollte immer eine Seebestattung. Sollten wir das Boot zurück nach Hause bringen und die Bestattung organisieren?«

»Das ist das Mindeste, was wir für ihn tun können«, antwortete Maria. »Er hat sich immer so sehr gewünscht, auf See beerdigt zu werden. Ich denke, das wäre sein Wunsch.« Sie beschlossen, den Törn abzubrechen und zurück nach Hause zu fahren, um die Bestattungsarrangements zu treffen. Die Stimmung an Bord war gedrückt und die Schönheit der Umgebung konnte die Trauer und die Beklemmung nicht lindern, die sie empfanden.

Zurück in ihrem Zuhause brachte Thomas eine Kaffeekanne und Tassen auf den Tisch. »Ich denke, wir sollten seinen Wunsch respektieren.« »Ich bin damit einverstanden«, stimmte Maria zu und nahm eine Tasse Kaffee von Inge entgegen. »Ich denke, es wäre das, was er sich gewünscht hätte.«

Walter nickte zustimmend. »Ich werde mich um die organisatorischen Dinge kümmern«, sagte er. »Ich kann uns ein Boot mieten und einen Kapitän engagieren, der uns zur Beerdigungsstelle bringt. Wir werden ihm eine angemessene Verabschiedung geben.« Die Familie besprach die Einzelheiten der Seebestattung und begann, Pläne für die Trauerfeier zu machen. Es war eine schwere Zeit für sie alle, aber sie wussten, dass sie Siggi die letzte Ehre erweisen würden, die er verdient hatte.

Bereits am nächsten Vormittag trafen die Vier sich in Siggis großem viktorianischen Haus am Stadtrand, das er stolz besessen hatte. Der Raum war gefüllt mit Erinnerungen an ihn, von den Fotos an den Wänden bis hin zu seinen Lieblingsbüchern im Regal. Thomas und Maria saßen am großen Esstisch und diskutierten die Einzelheiten der Zeremonie mit ihren Ehepartnern Inge und Walter.

Sie legten fest, welche Musik gespielt werden sollte und welche Worte gesprochen werden sollten. Einige Mitglieder der Familie entschieden sich dafür, eine Rose ins Meer zu werfen, um Siggi zu ehren. Sie organisierten auch eine Urne, in der die Asche von Siggi auf See verstreut werden würde.

Inge, die immer eine sehr organisierte Person war, hatte eine Liste von Dingen, die erledigt werden mussten. Sie notierte die Kontaktdaten von Bootsverleihern und Kapitänen, die für die Seebestattung in Frage kamen. Sie überprüfte auch die Wettervorhersage für den Tag der Bestattung und sorgte dafür, dass alle notwendigen Vorsichtsmaßnahmen getroffen wurden.

Walter buchte das Boot und engagierte den Kapitän, der sie zur Beerdigungsstelle auf See bringen würde. Er sorgte auch dafür, dass alle notwendigen Genehmigungen und Dokumente vorlagen.

Maria war immer noch geschockt über den plötzlichen Tod ihres Vaters und konnte kaum glauben, dass er nicht mehr bei ihnen war. Sie ging durch das Haus und sammelte Erinnerungsstücke von ihm, um sie mit auf die Seebestattung zu nehmen. Sie fand ein Foto von ihm und ihr bei ihrem ersten gemeinsamen Segelausflug, als sie noch ein kleines Mädchen war. Sie fand auch eine alte Karte, die er ihr einmal geschenkt hatte, als sie sich verloren gefühlt hatte. Sie wickelte sie in ein Tuch ein und legte sie in die Urne.

Thomas konnte kaum seine Trauer verbergen. Er hatte immer eine besondere Beziehung zu seinem Vater gehabt. Sie waren oft gemeinsam angeln gegangen und redeten dann über das Leben. Thomas nahm sich vor, eine Rede auf der Seebestattung zu halten und arbeitete daran, die richtigen Worte zu finden.

Die Familie arbeitete eng zusammen, um alles vorzubereiten, und tröstete sich gegenseitig in ihrer Trauer. Sie wussten, dass es ein schwerer Tag werden würde, aber sie waren sich sicher, dass sie Siggi die letzte Ehre erweisen würden, die er verdiente. Sie waren dankbar für die Erinnerungen, die sie mit ihm teilten, und wussten, dass er immer in ihren Herzen bleiben würde.

4. KAPITEL

Dr. Karsten Fenger, Chefarzt der exklusiven Privatklinik an der Nordsee, saß in seinem riesigen Büro und telefonierte. Er sprach leise und eindringlich: »Siggi Meyer – fertig.« Seine Augen verengten sich, als er lauschte, und seine Finger trommelten ungeduldig auf seinem Schreibtisch.

Fenger war immer gut gekleidet und trug teure Anzüge, aber er hatte etwas Unwirkliches an sich. Er hatte keine Freunde unter seinen Kollegen und war bekannt dafür, dass er seine Macht und Autorität gerne ausnutzte.

»Verstehe«, sagte er schließlich in das Telefon, bevor er auflegte. Er sah auf die Uhr und stand auf, um seinen Mantel zu holen. Er hatte noch einen Termin, und er wollte sicherstellen, dass alles nach Plan verlief.

Fenger ging durch die Flure der Klinik und nickte den Schwestern und Pflegern zu, die ihm begegneten, aber er sprach mit niemandem. Er hatte ein Ziel im Sinn und wollte nicht aufgehalten werden. Er erreichte schließlich eine Tür am Ende des Flurs, klopfte und trat ein.

Der Raum war dunkel und klein, nur eine nackte Glühbirne an der Decke spendete Licht. In einer Ecke saß ein Mann, dessen Gesicht im Schatten verborgen war. »Sie wollten mich sprechen?«, fragte Fenger.

»Ich habe gehört, dass es Probleme in Ihrer Klinik gibt«, sagte der Mann und setzte sich auf einen Stuhl. »Ich bin hier, um sicherzustellen, dass alles reibungslos verläuft.«

Dr. Fenger runzelte die Stirn. »Probleme? Welche Probleme meinen Sie?«

»Ich habe gehört, dass eine junge Ärztin, Dr. Müller, Fragen zu einem Ihrer Pfleger stellt«, sagte der Mann und sah Dr. Fenger direkt in die Augen. »Ich möchte sicherstellen, dass sie nichts herausfindet, was uns schaden könnte.«

Dr. Fenger nickte langsam. »Ich verstehe. Ja, Frau Müller hat ein paar Fragen gestellt, aber ich habe die Situation im Griff. Ich werde dafür sorgen, dass sie nichts herausfindet.« Der Mann nickte. »Gut. Ich vertraue auf Ihre Fähigkeiten. Lassen Sie mich wissen, falls Sie Unterstützung benötigen.« Dr. Fenger nickte und begleitete den Mann hinaus.

Wenig später betrat er mit schnellen Schritten das luxuriöse Atrium der Privatklinik. Die hohen Fenster gaben den Blick auf die Nordsee frei und die Sonnenstrahlen, welche durch das Glasdach fielen, erzeugten ein warmes, angenehmes Licht. Der Marmorboden glänzte und die teuren Kunstwerke an den Wänden unterstrichen die Exklusivität des Ortes.

Er ging zu einer ruhigen Ecke des Raums, wo Krankenpfleger Max Heitmann bereits auf ihn wartete. Dr. Fenger reichte ihm einen Umschlag und sagte: »Alles wie besprochen.« Heitmann nickte und steckte den Umschlag ein, ohne den Inhalt zu überprüfen.

5. KAPITEL

Dr. Klara Müller saß in ihrem kleinen Büro im Untergeschoss der Klinik und wühlte sich durch die Akte von Siggi Meyer. Sie war unzufrieden mit der offiziellen Todesursache »Herzversagen« und wollte mehr über seinen Zustand erfahren, bevor er verstarb. Sie hatte ein ungutes Gefühl, ohne sagen zu können, was genau es war.

Klara blätterte durch die Seiten mit den medizinischen Untersuchungsergebnissen, den Laborwerten und den Behandlungsprotokollen. Doch nichts schien ungewöhnlich. Sie runzelte die Stirn und lehnte sich in ihrem Stuhl zurück. Sie dachte an die Nacht zurück, als Siggi starb. Wie plötzlich es passierte und wie ratlos sie und Pfleger Heitmann gewesen waren.

Sie beschloss, Heitmann noch einmal genauer zu befragen. Klara stand auf und ging zur Intensivstation. Sie entdeckte ihn in einem Raum, in dem er gerade neue Medikamente für die Patienten vorbereitete. »Herr Heitmann, kann ich Sie kurz sprechen?«, fragte sie.

Er sah auf und lächelte sie an. »Natürlich, Frau Dr. Müller. Was kann ich für Sie tun?« – »Ich würde gerne noch einmal mit Ihnen über den Tod von Herrn Meyer sprechen. Ich habe in seiner Akte nichts Auffälliges gefunden, aber ich habe das Gefühl, dass etwas nicht stimmt. Können Sie sich vielleicht noch an Details erinnern, die uns weiterhelfen könnten?«

Pfleger Heitmann runzelte die Stirn. »Ich verstehe nicht, warum Sie das immer noch beschäftigt. Wir haben alles getan, was wir konnten, aber leider konnten wir ihn nicht retten. Er hatte einen Herzinfarkt und starb trotz unserer Bemühungen.«

Plötzlich unterbrach die beiden das laute Piepsen von gleich mehreren Notfallalarmen. Dr. Klara Müller und Max Heitmann tauschten einen schnellen Blick aus, bevor sie losrannten, um den Patienten zu helfen. Der Stress auf der Intensivstation war unbeschreiblich! Sie eilten von einem Notfall zum nächsten.

Klara hatte keine Zeit, weiter über Siggi Meyers plötzlichen Herzinfarkt nachzudenken, sie musste sich auf die Rettung der anderen Patienten konzentrieren. Heitmann schien in seinem Element zu sein, als er schnell und effektiv Maßnahmen ergriff, um die besonders schweren Fälle zu stabilisieren. Es war offensichtlich, dass er in dieser Umgebung viel Erfahrung und sogar Spaß bei der Arbeit hatte.

Doch Klara hatte sich bereits vorgenommen, mehr über ihn herauszufinden, als sie am nächsten Morgen energisch an der Bürotür von Dr. Fenger anklopfte. Der Chefarzt sah auf und nickte ihr zu, ohne jedoch seine Arbeit zu unterbrechen. Er trug einen teuren Anzug und hatte eine Brille auf der Nase, während sein graues Haar sorgfältig gestylt war. Sein Büro war ebenso luxuriös eingerichtet wie die restliche Klinik, mit teuren Möbeln und einem atemberaubenden Blick auf die Nordsee.

»Guten Morgen, Frau Müller«, begrüßte er sie knapp und ließ wie unter Ärzten üblich ihren Doktortitel weg.

»Guten Morgen, Herr Fenger«, antwortete Klara und setzte

sich auf den Stuhl vor seinem Schreibtisch. »Ich wollte mit Ihnen über Pfleger Heitmann sprechen. Ich habe ihn gestern Nacht kurz vor dem überraschenden Notfall am Bett des Patienten gesehen und ich habe das Gefühl, dass er etwas damit zu tun haben könnte.«

Dr. Fenger sah sie streng über den Rand seiner Brille hinweg an. »Herr Heitmann ist einer unserer besten Mitarbeiter. Ich vertraue ihm voll und ganz. Ich denke nicht, dass es einen Grund gibt, sich über ihn Sorgen zu machen.« Klara runzelte die Stirn. »Aber ich habe gesehen, wie er dem Patienten eine Infusion gegeben hat, bevor dessen Zustand sich so schnell verschlechtert hat. Ich denke, wir sollten ihn überprüfen.«

Fenger schüttelte den Kopf. »Ich verstehe Ihre Besorgnis, Frau Müller, aber ich versichere Ihnen, dass es keinen Grund gibt, Pfleger Heitmann zu verdächtigen. Lassen Sie uns auf die Behandlung der Patienten konzentrieren und uns nicht von unnötigen Verdächtigungen ablenken.«

Klara nickte, obwohl sie nicht überzeugt war.

6. KAPITEL

Am frühen Morgen jenes Tages, an dem die Bestattung stattfinden sollte, trafen sich Thomas, Maria, Walter und Inge mit dem erfahrenen Kapitän des Schiffes, das sie für die Zeremonie gemietet hatten. Der Kapitän erklärte ihnen den Ablauf der Bestattung und gab Anweisungen für das Ablegen und die Fahrt auf See.

Als sie das Boot verließen, um sich auf den Weg zu machen, war die Luft noch kühl und feucht. Die Sonne hatte gerade erst den Horizont erreicht und tauchte die Welt in ein warmes, goldenes Licht. Der Himmel war wolkenlos und das Meer glatt und ruhig. Es schien, als ob das Wetter für die Trauerzeremonie perfekt sein würde.

Die Familie und der Kapitän fuhren langsam aufs Meer hinaus, während sie sich auf die Zeremonie vorbereiteten. Thomas und Walter trugen Siggis Urne an Deck und stellten sie auf eine Plattform, die für die Bestattung vorbereitet worden war. Maria und Inge legten Blumen und ein Foto von Siggi daneben.

Der Kapitän begann die Zeremonie mit einer kurzen Ansprache und einer Gedenkminute für Siggi. Die Familie stand schweigend um die Urne herum, während die Wellen sanft gegen das Boot schlugen. Der Kapitän gab das Signal, und die Familie hob die Urne gemeinsam auf. Es wurde ein sehr emotionaler Moment, als sie Abschied von Siggi nahmen und ihn auf seine letzte Reise schickten.

Nach dem Verstreuen der Asche warfen sie noch Blumen in die Wellen.

Auf der Rückfahrt saßen sie schweigend an Deck, jeder in seine eigenen Gedanken versunken. »Ich kann es immer noch nicht glauben, dass er einfach so gestorben ist«, sagte Maria leise und schlang hilfesuchend die Arme um ihren Mann.

Zuhause waren sie fassungslos, als sie erfuhren, dass Siggi kurz vor seinem Tod ein neues Testament gemacht hatte. Laut ihrem Anwalt hatte Siggi das Vermögen seiner Familie zugunsten einer Stiftung vermacht. Inge, die Ehefrau von Thomas, brach in Tränen aus.

»Das kann nicht sein«, stammelte sie. »Wir haben doch immer alles gemeinsam geplant.« Maria, Siggis Tochter, war ebenfalls schockiert. »Wer ist diese Stiftung? Warum hat Papa ihr alles hinterlassen?«, fragte sie. Walter versuchte seine Ehefrau zu beruhigen. »Vielleicht hat er sich das in einem Moment der Schwäche anders überlegt«, sagte er. Doch die Familie konnte sich keinen Reim darauf machen, wer der Unbekannte sein könnte und warum Siggi ihm alles vermacht hatte.

Herr Schmidt war ein sehr erfahrener Anwalt für Erbrecht, der seit vielen Jahren in der Innenstadt von Emden praktizierte. Als die Familie in sein Büro kam, war sie beeindruckt von der repräsentativen Einrichtung. Der Empfangsbereich war mit teuren Ledersofas und originalen Kunstwerken ausgestattet.

Eine Vitrine mit wertvollen Büchern und Aktenordnern stand in einer Ecke. Der Schreibtisch von Herrn Schmidt war aus Mahagoniholz und glänzte im Licht der großen Fenster. Auf dem Schreibtisch standen eine edle

Schreibtischlampe und ein Computer. Der Anwalt begrüßte die Familie freundlich und bot ihr Platz an.

Schmidt, ein älterer Mann mit grauem Haar und einer Brille, hörte aufmerksam zu, als die Familie ihm von ihrem Verdacht und der unbekannten Stiftung erzählte. Er nahm sich vor, Nachforschungen anzustellen und versprach, sie so schnell wie möglich über die Ergebnisse zu informieren.

Er studierte die Unterlagen von Siggi Meyer gleich danach. Schmidt beschloss, tiefer in die Sache einzudringen und begann, Nachforschungen anzustellen. Er kontaktierte die Familien anderer Patienten und recherchierte im Internet. Je mehr er herausfand, desto mehr wurde ihm klar, dass hier etwas ganz gewaltig nicht mit rechten Dingen zuging.

Eduard Groß, ein Kriminalbeamter und alter Freund des Anwalts, traf sich mit ihm in einem kleinen, gemütlichen Restaurant direkt am Meer. Das Rauschen der Wellen und der salzige Geruch des Meeres begleiteten die beiden, während sie über den Fall sprachen.

Schmidt legte Groß die Informationen vor, die er über die ihm völlig unbekannte Stiftung – auf den Cayman Islands! – herausgefunden hatte und die auf eine mögliche Beteiligung an illegalen Machenschaften in der Klinik hindeuteten. Groß hörte aufmerksam zu und notierte sich wichtige Details.

Er versprach dem Anwalt, sich umgehend damit zu beschäftigen und die Ermittlungen aufzunehmen. Während des Gesprächs genossen sie ihre Mahlzeit und tauschten sich über alte Zeiten aus.

Doch die Unruhe über den Fall war nicht zu übersehen

und als sie sich verabschiedeten, vereinbarten sie ein weiteres Treffen, um über die Fortschritte der Ermittlungen zu sprechen.

7. KAPITEL

Es war kein Tag wie jeder andere auf der Intensivstation der Privatklinik, als alle Ärzte und Pflegekräfte zu einer Krisensitzung zusammengerufen wurden. Der Chefarzt, Dr. Fenger, saß am Kopfende des Tisches, seine Miene war besorgt und angespannt. Er räusperte sich und begann: »Meine Damen und Herren, wie Sie alle wissen, hat es in letzter Zeit eine ungewöhnlich hohe Sterberate auf der Intensivstation gegeben. Ich habe mich entschlossen, diese Sitzung einzuberufen, um die Gründe dafür zu untersuchen und geeignete Maßnahmen zu ergreifen.«

Klara runzelte die Stirn. »Herr Fenger, ich habe mich gefragt, ob es einen Zusammenhang zwischen den Todesfällen und Pfleger Heitmann gibt. Er war bei den meisten Patienten im Dienst.« Heitmann saß am anderen Ende des Tisches und wurde blass. »Ich weiß nicht, wovon Sie reden. Ich habe immer meine Pflicht erfüllt und alles getan, um das Leben der Patienten zu retten.«

Dr. Fenger nickte nachdenklich. »Ja, das glaube ich Ihnen. Aber wir müssen trotzdem alle Möglichkeiten in Betracht ziehen. Ich schlage vor, dass wir eine interne Untersuchung vornehmen und jeden Patientenfall genauestens überprüfen. Wir werden auch die Pflegeprotokolle und Medikamentenverordnungen durchsehen.«

Die Atmosphäre im Raum war angespannt, während die Ärzte und Pflegekräfte diskutierten und Ideen zur

besseren Dokumentation austauschten. Es war offensichtlich, dass alle bestrebt schienen, die hohe Sterberate zu
verstehen und zu verhindern, dass es in Zukunft wieder
passieren würde. Der Ruf der Klinik stand auf dem Spiel!
Noch hatte die Presse zum Glück nichts von der Sache
mitbekommen.

8. KAPITEL

Die Wellen schlugen hoch gegen das Boot, das von der Gewalt des Windes hin und her geworfen wurde. Der Regen peitschte in die Gesichter der Crew, die sich an den Seilen festklammerte, um nicht über Bord gespült zu werden. Der Himmel war schwarz, und der Donner grollte wie ein drohender Gott.

Die Segel waren längst eingeholt worden, als das Boot von einer Welle erfasst wurde, die es fast umwarf. Die Crew schrie vor Angst und Anstrengung, als sie verzweifelt versuchte, auf Kurs zu bleiben. Der Motor heulte auf, als er auf Hochtouren lief, um dem Boot Kraft zu geben.

Plötzlich brach ein Mast und die Crew musste schnell handeln, um das Boot und sich selbst zu retten. Der Kapitän brüllte Befehle, aber seine Stimme ging im Tosen des Sturms unter. Der Regen prasselte auf sie herab, als sie sich an die Arbeit machten, um das Boot zu stabilisieren und in Sicherheit zu bringen.

Es war ein Kampf ums Überleben, ein Kampf gegen die Naturgewalten, die sie zu zerstören drohten. Doch die Crew hielt durch und brachte schließlich das Boot in einen sicheren Hafen. Erschöpft und durchnässt, aber dankbar, dass sie dem Tod entronnen waren.

Ingrid Matthes lag auf einer Trage, schwer verletzt und blutend, als sie via Helikopter in die Privatklinik geflogen wurde. Der heftige Sturm hatte das Segelboot ins Wanken gebracht und sie war gegen die Reling geschleudert worden. Ihre Crewkameraden hatten sie notdürftig versorgt, doch nun war sie in der Obhut von Pfleger Heitmann und dem medizinischen Team.

Heitmann eilte zum Telefon und wählte die Nummer des Chefarztes. »Herr Dr. Fenger, hier spricht Heitmann. Wir haben eine neue Patientin auf der Intensivstation. Es handelt sich um Ingrid Matthes, ein Crewmitglied eines Segelschiffs. Sie wurde bei einem Sturm schwer verletzt und von einem Rettungshubschrauber in die Klinik gebracht.«

Er hörte Fenger am anderen Ende: »Verstehe. Ich werde die notwendigen Schritte einleiten. Halten Sie mich auf dem Laufenden über ihren Zustand.« Heitmann nickte, obwohl Fenger es nicht sehen konnte. »Natürlich, Herr Dr. Fenger.« Er legte auf und wandte sich wieder Ingrid zu, die immer noch bewusstlos war.

Er wusste, dass Fenger jetzt damit beginnen würde, ihre Identität und ihren finanziellen Hintergrund zu überprüfen, um zu sehen, ob sie von Nutzen für ihre Pläne sein konnte. Heitmann selbst hatte schon lange gelernt, nicht zu viele Fragen zu stellen und einfach zu tun, was man von ihm verlangte. Es war einfacher so und lukrativ war es auch.

9. KAPITEL

Eduard Groß saß an seinem Schreibtisch im Polizeirevier und studierte die Akte des verstorbenen Siggi Meyer. Der Kriminalkommissar runzelte die Stirn, als er sah, dass das Erbe des Patienten kurz vor seinem Tod an eine Stiftung auf den Cayman Islands überschrieben worden war. Er beschloss, tiefer in die Angelegenheit zu graben.

Er rief seinen alten Freund, den Rechtsanwalt Torben Schmidt, an und bat ihn um Hilfe bei der Durchsicht der Unterlagen. »Ich habe das Gefühl, dass hier etwas nicht stimmt«, sagte er zu Schmidt. »Ich brauche deine Hilfe, um herauszufinden, was mit dem Erbe dieser Patienten passiert.«

Schmidt nickte zustimmend. »Ich habe selbst einen entsprechenden Fall, der ganz ähnlich gelagert ist. Ich werde sehen, was ich herausfinden kann. Aber ich warne dich, es könnte schwierig werden. Diese Stiftungen in Steuerparadiesen sind meist sehr gut darin, ihre Spuren zu verwischen.«

Die beiden trafen sich am nächsten Tag in Schmidts Büro in der Innenstadt von Emden. Der Anwalt hatte bereits eine Liste von Patienten zusammengestellt, deren Erbe kurz vor ihrem Tod an einen unbekannten Dritten überschrieben worden war. »Ich habe hier eine Liste von Namen«, sagte Schmidt und reichte sie Groß. »Das sind alles Patienten, die in den letzten Monaten in der Privatklinik verstorben sind und deren Erbe an die Stiftung überschrieben wurde.«

Groß studierte die Liste aufmerksam. »Das sind eine Menge Namen«, sagte er und sah auf. »Ich denke, wir sollten uns auf die Patienten konzentrieren, die in letzter Zeit gestorben sind.«

Kriminalkommissar Groß und sein Kollege Jan Weber hatten es nicht leicht: Je mehr sie sich in die Angelegenheit vertieften, desto mehr stießen sie auf Hindernisse. »Dieser Fall wird immer undurchsichtiger«, brummte Groß, während er einen Schluck aus seiner viel zu großen Kaffeetasse nahm. Es sah aus, als würde er direkt aus einem Wasserkocher trinken.

Weber, der im Unterschied zu seinem kurz vor seiner Pensionierung stehenden Kollegen selbst noch in den Zwanzigern war, nickte zustimmend. »Wir haben bereits mehrere Rechtshilfeersuchen gestellt, aber es dauert ewig, bis wir Antworten bekommen. Es ist, als ob sich jemand in den Behörden absichtlich vor uns versteckt.«

Groß seufzte und lehnte sich in seinem Bürostuhl zurück. Trotz aller Schwierigkeiten gaben die beiden Beamten nicht auf. Sie wussten, dass die Aufklärung dieses Falls von großer Bedeutung war. Sie arbeiteten hart daran, die Identität der unbekannten Person aufzudecken, welche sich hinter der anonymen Stiftung auf den Cayman Islands verbarg.

»Wir werden herausfinden, wer dahintersteckt«, sagte Eduard Groß entschlossen, während er seine Akten durchblätterte. »Es mag ein langer Weg sein, aber wir werden ihn schon finden.«

10. KAPITEL

Ingrid lag auf der Intensivstation und kämpfte um ihr Leben. Sie war sich sicher, dass sie es schaffen würde. Doch als Pfleger Heitmann böse lachend in ihr Zimmer trat, wusste sie, dass etwas nicht stimmte. Seine Augen waren kalt und berechnend, als er ihr eine Injektion gab.

Ingrid versuchte, sich gegen ihn zu wehren, doch es war zu spät. Sie spürte, wie ihr Herz zu rasen begann und sie keine Luft mehr bekam. Panik erfasste sie, als sie realisierte, dass sie einen Herzinfarkt bekam.

Heitmann stand einfach nur da und sah zu, wie sie litt. Ingrid konnte nicht glauben, dass ein Pfleger sie auf diese Weise töten würde. Sie wollte schreien, doch ihre Stimme versagte. Sie konnte nur noch hilflos zusehen, wie ihr Leben vor ihren Augen entschwand.

Schnell eilte Klara durch die langen Flure der Intensivstation, ihre Schritte hallten auf dem glänzenden Marmorboden wider. Sie hatte gerade ihren Dienst begonnen, als sie von einem neuen Notfall erfuhr. Sie rannte die Treppe hinauf, ihr Herz hämmerte in ihrer Brust. Als sie endlich die Station erreichte, sah sie das Schreckliche: Ingrid Matthes, eine Patientin, die vor kurzem wegen eines Bootsunfalls in die Klinik gebracht worden war, lag reglos auf ihrem Bett. Pfleger Heitmann stand mit einer Spritze in der Hand daneben, sein Gesicht war aschfahl.

Klara eilte zur Patientin und begann sofort mit den Wiederbelebungsversuchen. Sie drückte mit aller Kraft auf Ingrids Brustkorb, um ihr Herz wieder in Gang zu bringen. Sie atmete ihr künstlich Sauerstoff ein und injizierte ihr Medikamente. Doch es war zu spät. Ingrids Herz hatte aufgehört zu schlagen. Tränen traten in Klaras Augen, als sie sich von der Patientin abwandte.

»Was ist hier passiert?«, fragte Klara mit vor Zorn zitternder Stimme an Heitmann gewandt. »Ich weiß es nicht«, antwortete der Pfleger leise. »Ich habe ihr nur eine Routineinjektion gegeben, wie immer. Ich habe nichts falsch gemacht.« Klara sah ihn ungläubig an. Sie hatte immer ein ungutes Gefühl bei Heitmann gehabt, aber sie konnte einfach nicht glauben, dass er für den Tod von Ingrid verantwortlich war. Das hier überstieg ihre Vorstellungskraft.

11. KAPITEL

Die Angehörigen von Siggi Meyer trafen sich erneut mit ihrem Anwalt Torben Schmidt in dessen Büro in der Innenstadt von Emden. Der Anwalt erklärte ihnen noch einmal ausführlich, dass Siggi kurz vor seinem Tod sein Vermögen einer Stiftung auf den Cayman Islands vermacht hatte. Die Familie war fassungslos und fragte sich, wie das möglich sein konnte. Herr Schmidt erklärte, dass die Polizei bereits Ermittlungen eingeleitet habe und auch er selbst versuche, mehr über die Stiftung herauszufinden.

»Das ist unglaublich«, sagte Siggis Tochter Maria, »wir wussten nicht einmal, dass Papa so viel Geld hatte. Und jetzt ist es weg, an irgendeine dubiose Stiftung.«

»Ich verstehe das auch nicht«, sagte Siggis Sohn Thomas, »ich kann mir nicht vorstellen, dass Papa das freiwillig gemacht hat.« Vielleicht ist das Testament auch gefälscht!

Anwalt Schmidt versprach, alles in seiner Macht Stehende zu tun, um das Vermögen zurückzubekommen. Die Familie verließ das Büro des Anwalts mit einem Gefühl der Verwirrung und Enttäuschung.

Schmidt und Kommissar Groß trafen sich im Büro des Anwalts. Die beiden Männer saßen sich gegenüber, während Schmidt auf seinem Schreibtisch Akten und Unterlagen ausbreitete. Groß nahm einen gierigen Schluck Kaffee aus der Thermoskanne, die er mitgebracht hatte. Er hustete und versuchte gleichzeitig zu sprechen.

»Ich habe in den letzten Tagen einige Nachforschungen angestellt«, begann er. »Es scheint, dass eine dubiose Stiftung auf den Cayman-Inseln immer wieder im Zusammenhang mit dem Erbe verstorbener Patienten von der Privatklinik auftaucht. Ich habe versucht, mehr über die Stiftung herauszufinden, aber leider stoße ich bei den lokalen Behörden immer wieder auf verschlossene Türen.«

Schmidt runzelte die Stirn. »Das klingt alles sehr verdächtig. Haben Sie irgendwelche Namen oder weitere Informationen?«

Groß schüttelte den Kopf. »Leider kaum. Die Stiftung hat keine öffentlich zugänglichen Unterlagen und die Banken auf den Cayman-Inseln sind bekanntlich sehr diskret, was die Identität ihrer Kunden betrifft. Ich habe bereits Rechtshilfeersuchen gestellt, aber das kann Wochen, wenn nicht Monate dauern.«

Schmidt seufzte. »Das ist frustrierend. Aber wir werden nicht aufgeben. Wir werden weiter nachforschen und sehen, ob wir irgendwelche Verbindungen zu der Privatklinik oder den Verantwortlichen finden können.«

Die beiden Männer besprachen weitere Schritte und tauschten Informationen aus, während sie ihren Kaffee tranken. Es war offensichtlich, dass die Ermittlungen schwierig und langwierig werden würden, aber sie waren entschlossen, die Wahrheit ans Licht zu bringen.

12. KAPITEL

Es war ein sonniger Tag auf der Nordsee, als der Chefarzt Dr. Fenger an Bord seines luxuriösen Segelboots die Regatta startete. Die Segel glänzten im Licht der Sonne, während Fenger und seine Crew sich bereitmachten, gegen die anderen Teilnehmer anzutreten.

Die Spannung war beinahe greifbar, als das Startsignal ertönte und die Boote lossegelten. Fenger und seine Crew arbeiteten perfekt zusammen, während sie das Boot durch die Wellen steuerten. Sie hatten jahrelange Erfahrung auf dem Wasser und es war offensichtlich, dass sie zu den Favoriten zählten.

Die Regatta war hart umkämpft und alle Teilnehmer gaben ihr Bestes, um als Erste die Ziellinie zu überqueren. Fenger und seine Crew kämpften verbissen um jeden Meter und es sah so aus, als würden sie einen guten Platz erreichen. Doch plötzlich, in Sichtweite des Zieles, geriet das Boot in einen heftigen Sturm.

Die Crew kämpfte verzweifelt gegen die Naturgewalten an, aber es war vergebens. Das Boot wurde von den Wellen durchgeschüttelt und ein Mast brach schließlich unter der Belastung. Fenger und seine Crew mussten aufgeben und mit dem Rettungsboot gerettet werden.

Obwohl sie das Ziel nicht erreicht hatten, waren alle an Bord sicher und unverletzt. Fenger war tief enttäuscht.

Er würde sicherlich wieder an einer Regatta teilnehmen, aber diesmal mit besserer Vorbereitung auf das Unvorhergesehene.

»Gratulation zum Beinahe-Sieg, Herr Doktor«, sagte Heitmann grinsend. Fenger nickte knapp und ging an Land. »Lassen Sie uns auf ein Bier gehen«, schlug Heitmann vor und Fenger willigte widerwillig ein. Sie setzten sich in eine Kneipe am Hafen und bestellten Pils.

»Du weißt, warum ich hier bin«, begann Heitmann plötzlich die Anrede wechselnd und Fenger nickte. »Ja, ich weiß. Wir müssen uns um die Sache kümmern, bevor jemand Verdacht schöpft.«

Heitmann nickte. »Ich habe alles im Griff. Keine Sorge, Herr Doktor. Wir haben bisher alles perfekt durchgeführt und ich denke, das wird auch so bleiben.«

Dr. Fenger nickte und trank sein kaltes Bier in kleinen Schlucken. Er wusste, dass Heitmann im Recht war. Sie hatten bisher alles perfekt durchgeführt und er hatte keinen Grund, an ihm zu zweifeln. Der Chefarzt war immer noch wütend über seine Niederlage. »Verdammt, ich habe mich so auf den Sieg gefreut«, knurrte er. Heitmann nickte nur und nippte an seinem Bier. »Wir müssen vorsichtig sein«, sagte er schließlich.

»Wir müssen uns um die Sache mit dem Rechtsanwalt kümmern«, antwortete Fenger.

»Ja, das ist ein großes Problem«, erwiderte Heitmann. »Ich habe gehört, dass die Polizei bereits anfängt zu ermitteln.« – »Das ist nicht gut. Wir müssen uns etwas einfallen lassen, um das zu verhindern«, meinte Fenger. »Und was ist mit der Ärztin, diese Dr. Müller? Sie stellt zu viele Fragen«, fügte Heitmann hinzu.

»Sie ist ein Risiko, aber ich denke, wir können sie aus-
halten. Der Kommissar Groß ist das größere Problem. Er
ist intelligent und hat ein Auge für Details«, sagte Fenger.
»Wir müssen uns beeilen und uns etwas einfallen lassen,
bevor es zu spät ist«, erwiderte Heitmann.

Die beiden Männer tranken schweigend ihr Bier und
sahen auf das Meer hinaus, während sie über ihre nächsten
Schritte nachdachten. Der Wind wehte und die Wellen
schlugen gegen die Kaimauer.

Fenger und Heitmann sahen einander an. In ihren
Augen lag ein kalter, berechnender Ausdruck. Der Chefarzt war ein großer, muskulöser Mann mit kurz ge-
schorenem grauen Haar und kalten blauen Augen. Heitmann war etwas kleiner und schmächtiger, mit einem
dünnen Schnurrbart, kantigem Kiefer und einer nervösen
Art.

»Wir treffen uns hier in einer Woche wieder«, sagte
Fenger. »Und dann sehen wir weiter.«

Die Männer verließen einer nach dem anderen die
Kneipe. Der Chefarzt ging zu seinem Boot zurück, während Heitmann in die entgegengesetzte Richtung davon-
ging, in Richtung der Klinik.

Draußen hatte sich der Himmel zugezogen und der
Wind hatte aufgefrischt. Eine dicke Wolkenbank zog übers
Meer und drohte jeden Moment loszubrechen.

13. KAPITEL

Dr. Klara Müller stand in der Krankenhausapotheke und durchsuchte die Regale nach einem bestimmten Herzmedikament. Plötzlich entdeckte sie in einer Ecke eine verdächtige Spritze. Sie sah genauer hin und bemerkte, dass das Etikett fehlte und die Nadel ungewöhnlich stark verschmutzt war. Ein ungutes Gefühl breitete sich in Klara aus. Sie dachte an die vielen Patienten, die in letzter Zeit auf der Intensivstation gestorben waren und fragte sich, ob es einen Zusammenhang gab.

Sie nahm die Spritze an sich und beschloss, die Behörden als Whistleblowerin zu informieren. Sie musste handeln, bevor noch mehr unschuldige Menschen zu Schaden kamen. Ihr Herz schlug schneller bei dem Gedanken, gegen die Machtstrukturen in der Klinik anzugehen, aber sie wusste, dass es das Richtige war.

Klara verließ die Apotheke und ging zielstrebig zu ihrem Schreibtisch. Sie setzte sich und begann, einen Bericht zu schreiben. Sie beschrieb den Fund der Spritze und ihre Vermutungen über mögliche Unregelmäßigkeiten in der Klinik. Sie legte ihre Beweise dar und bat um eine Untersuchung.

Sie wusste, dass ihre Karriere und ihr Ruf auf dem Spiel standen, aber sie war bereit, das Risiko einzugehen, um Gerechtigkeit für die Patienten und ihre Familien zu erreichen. Sie drückte auf »Senden« und atmete tief durch. Der nächste Schritt war jetzt in den Händen der Behörden.

Nach der Arbeit radelte Klara durch die grünen Felder des Bauernhofs, in dessen Gebäude hatte sie eine kleine Wohnung gemietet. Sie atmete tief ein und genoss den Duft von frisch gemähtem Gras und Erde. Sie war dankbar für die Ruhe und Abgeschiedenheit, die sie hier fand, nachdem sie den Tag in der hektischen Privatklinik verbracht hatte.

Als sie ihr Fahrrad vor dem großen, alten Bauernhaus abstellte, begrüßte sie der Hofhund Tristan freudig, indem er um ihre Beine sprang. Sie kraulte den Bernhardiner hinter den Ohren und lief dann die Treppe hinauf in ihre kleine Wohnung im Dachgeschoss.

Klara warf ihre Tasche aufs Sofa und ging in die Küche, um sich einen Tee zu machen. Sie konnte hören, wie die Bauernfamilie unten im Wohnzimmer lachte und plauderte. Sie lächelte, als sie daran dachte, wie sie sich in die unkomplizierte und herzliche Art des Bauern und seiner Familie verliebt hatte, als sie hier eingezogen war.

Sie setzte sich auf ihren Balkon und trank ihren Tee, während sie den Sonnenuntergang betrachtete. Sie dachte an die verdächtige Spritze, die sie in der Krankenhausapotheke gefunden hatte und wie sie beschlossen hatte, die Behörden zu informieren.

Klara seufzte und stand auf, um sich für die Nacht bereit zu machen. Sie wusste, dass es eine schwierige Zeit werden würde, aber sie war bereit, für das, was richtig war, zu kämpfen.

14. KAPITEL

Anwalt Torben Schmidt landete auf den Cayman Islands und machte sich auf den Weg zu einer Anwaltskanzlei. Er war nervös, denn er wusste, dass die Ermittlungen in dieser Angelegenheit schwierig werden würden und teuer für seine Mandanten dazu. Als er schließlich in der Kanzlei ankam, die er für seine lokalen Recherchen ausgewählt hatte, wurde er von einer angenehmen Klimaanlage und einer eleganten Einrichtung begrüßt.

Der Empfangstresen war mit Marmor verkleidet und hinter ihm hing ein großes Firmenschild. Schmidt stellte sich vor und erklärte dem Empfangspersonal, dass er sich gerne mit einem Anwalt treffen würde, um mehr über eine bestimmte Stiftung herauszufinden.

»Willkommen in George Town, Herr Schmidt. Wir haben Ihre Anfrage erhalten. Einer unserer Anwälte wird Sie in Kürze empfangen«, sagte der Empfangschef höflich.

Schmidt setzte sich auf eines der Ledersofas und wartete gespannt. Er sah sich um und bemerkte, dass die Kanzlei mit teuren Kunstwerken und teuren Möbeln ausgestattet war. Es gab sogar einen Springbrunnen in der Mitte des Raums. Er dachte sich, dass diese Anwaltskanzlei offensichtlich sehr erfolgreich sein musste, wenn sie sich solch luxuriöse Dinge leisten konnte.

Nach einigen Minuten wurde er von einem Anwalt namens Williams empfangen. »Guten Tag, Herr Schmidt. Ich habe gehört, dass Sie mehr über die ominöse Stiftung erfahren möchten«, sagte er und reichte Schmidt die Hand.

»Ja, das stimmt«, sagte Schmidt und erklärte Williams, welche Informationen er benötigte. Der Anwaltskollege nickte verstehend und bat Schmidt, ihm zu folgen. Sie gingen in ein Büro und Williams setzte sich an seinen Schreibtisch. Der Raum war unfassbar luxuriös eingerichtet, mit dunklen Ledersesseln, teuren Perserteppichen und Regalen voller juristischer Fachbücher.

»Es geht um eine Stiftung, die das Erbe von Patienten in Deutschland hier auf den Cayman Islands empfängt«, begann Schmidt das Gespräch. »Wir haben Grund zu der Annahme, dass diese Stiftung in Zusammenhang mit einer privaten Klinik steht, in der es eine ungewöhnlich hohe Sterberate gibt.«

Williams nickte ernst. »Anonyme Stiftungen können ein großes Problem darstellen. Es ist sehr schwierig, die wahren Besitzer und Verwalter aufzudecken. In vielen Fällen werden sie als Werkzeug für Steuerhinterziehung, Geldwäsche oder andere kriminelle Aktivitäten genutzt.«

Schmidt nickte. »Genau das befürchten wir auch. Wir haben bereits mehrere Anfragen an die zuständigen Behörden gestellt, aber bisher ohne Erfolg. Können Sie uns helfen, die Identität des wahren Eigentümers herauszufinden?«

Williams dachte einen Moment nach. »Es wird nicht einfach werden, aber ich kann Ihnen versichern, dass ich alles in meiner Macht Stehende tun werde, um Ihnen zu helfen. Ich werde meine Kontakte nutzen und alle verfügbaren Mittel einsetzen, um diese anonyme Stiftung zu durchleuchten.« Schmidt dankte dem Anwalt für seine

Unterstützung und verließ die Kanzlei mit neuer Hoffnung, dass sie endlich Licht ins Dunkel bringen würden.

Er fuhr in seinem Cabrio zum Strand und packte sein Segelzeug aus. Schmidt konnte es kaum erwarten, endlich aufs Wasser zu kommen und den salzigen Wind in seinen Haaren zu spüren. Er zog seine Segelkleidung an und begann, das Boot zu warten. Der Anwalt hatte schon immer eine Leidenschaft für das Segeln gehabt, besonders hier und jetzt auf den Cayman Islands! Er fand es unbeschreiblich, wie die warme Sonne auf seiner Haut brannte, während er sich auf das türkisfarbene Wasser hinausschob. Er setzte das Segel und begann, über die Wellen zu gleiten.

Schmidt hatte das Gefühl, als ob die Ermittlungen in seinem Fall plötzlich in weite Ferne rückten. Hier draußen auf dem Wasser konnte er endlich abschalten und die Schönheit der Natur genießen. Er segelte eine Weile, bis er schließlich in einer Bucht ankam, die er besonders gerne besuchte. Er warf den Anker und sprang ins Wasser, um eine Runde zu schwimmen.

Nachdem er sich abgetrocknet hatte, setzte er sich auf das Deck und genoss ein kühles Bier. Er dachte darüber nach, wie er weiter vorgehen sollte in seinen Ermittlungen. Er wusste, dass es schwierig sein würde, die Wahrheit hinter der anonymen Stiftung aufzudecken, aber er war entschlossen, nicht aufzugeben.

Er beschloss, am nächsten Tag weitere Nachforschungen anzustellen und eventuell nochmal jemanden auf den Cayman Islands zu treffen.

15. KAPITEL

Die Eltern von Ingrid Matthes saßen im Wohnzimmer ihres Einfamilienhauses in Emden zusammen, als der Anruf ihres Rechtsanwalts eintraf. Mit sorgenvoller Miene teilte er ihnen mit, dass das Erbe von Ingrid an eine anonyme Stiftung gegangen sei.

Der Vater von Ingrid sprang auf. »Unsinn! Ingrid hätte niemals jemandem das Erbe überlassen, den sie nicht kannte.«

Ingrids Mutter weinte leise vor sich hin: »Wir werden das nicht einfach hinnehmen«, sagte sie entschlossen. »Wir werden alles tun, um herauszufinden, wer hinter dieser Stiftung steckt und warum sie unser Erbe will.«

Der Rechtsanwalt versuchte, die Familie zu beruhigen. Er habe neulich zufällig mit einem Kollegen gesprochen, der an einem ähnlichen Fall arbeite und sogar in die Karibik gereist sei. Staunend nahmen sie es zur Kenntnis.

Kommissar Eduard Groß und sein Kollege Jan Weber saßen in ihrem Büro und besprachen die jüngsten Entwicklungen in ihrem Fall. Sie hatten gerade die Hinweise einer Whistleblowerin ausgewertet. Es war die junge Assistenzärztin Dr. Klara Müller.

»Ich denke, wir sollten uns auf die Herzmedikamente konzentrieren«, sagte Weber. »Ich habe gehört, dass sie in der Klinik in letzter Zeit verdächtig häufig verwendet werden.« Groß nickte zustimmend. »Gut, dann machen wir uns morgen früh auf den Weg.« Den richterlichen Beschluss hatten sie schnell in der Tasche.

Die Durchsuchung in der Privatklinik begann früh am nächsten Morgen. Groß und Weber wurden von einer nervösen Empfangsdame in Empfang genommen. »Guten Morgen, wir sind von der Polizei und haben einen Durchsuchungsbefehl«, sagte Groß und hielt ihr das Papier unter die Nase. Die Empfangsdame nickte stumm und führte die Beamten zum Büro des Chefarztes.

Der Chefarzt, ein älterer Herr mit grauem Haar und einer randlosen Brille, saß hinter seinem Schreibtisch und blickte auf, als die Kommissare eintraten. »Guten Morgen, Herr Dr. Fenger. Wir haben einen Durchsuchungsbefehl für Ihre Klinik und möchten uns gerne auch in der Klinikapotheke umsehen«, erklärte Groß und reichte ihm den Beschluss.

Der Chefarzt überflog das Dokument und seufzte. »Ich verstehe. Was genau suchen Sie denn?«

Weber antwortete dienstbeflissen: »Wir ermitteln in einer Serie von verdächtigen Todesursachen und haben Hinweise darauf, dass in dieser Klinik ungewöhnliche Medikamente verwendet werden. Wir möchten uns gerne in der Apotheke umsehen und eventuelle Beweismittel sicherstellen.«

Der Chefarzt nickte und erhob sich von seinem Schreibtisch.»Ich werde Sie begleiten und Ihnen die Apotheke zeigen. Aber ich versichere Ihnen, unsere Medikamente sind alle ordnungsgemäß beschafft und verwendet.«

Die Kommissare folgten dem Chefarzt durch die Gänge der Klinik, bis sie die Apotheke erreichten. Dort wurden sie von einem jungen Apotheker begrüßt, der sich als Herr Bauer vorstellte. Er wirkte ebenfalls nervös, als die Beamten ihm erklärten, wonach sie suchten.

Die Kommissare Groß und Weber sahen sich um. Der Raum war voller Regale mit Medikamenten und medizinischen Geräten. Eduard wandte sich an den Apotheker und fragte: »Haben Sie jemals verdächtige Spritzen gesehen? Wir haben Hinweise darauf erhalten, dass es hier Unregelmäßigkeiten geben könnte.«

Der Apotheker runzelte die Stirn und antwortete: »Ich habe hier alles genau im Blick. Ich habe noch nie etwas Verdächtiges gesehen oder gehört. Aber ich werde Ihnen gerne helfen, alles zu überprüfen.«

Die Kommissare begannen, die Regale durchzusehen und die Medikamente zu überprüfen. Sie fanden nichts Auffälliges, bis sie zu einem Regal mit Herzmedikamenten kamen. Dort entdeckten sie eine Spritze, die nicht ordnungsgemäß beschriftet war.

Eduard nahm die Spritze in die Hand und fragte: »Was ist das für ein Medikament? Wer hat es verwendet?«

Der Apotheker sah sich die Spritze an und erbleichte. »Das ist ein Herzmedikament, das nur in sehr begrenzten Mengen verwendet wird. Ich kann nicht sagen, wer es verwendet hat. Es muss jemand von außerhalb der Klinik gewesen sein.«

Die Kommissare sahen sich an. Sie wussten, dass sie einen wichtigen Hinweis gefunden hatten. Sie beschlossen, die Spritze ins Labor zu bringen und die Fingerabdrücke zu untersuchen.

16. KAPITEL

Rechtsanwalt Schmidt hatte jetzt schon viele Gespräche auf den Cayman Islands geführt und noch mehr Absagen erhalten. Nachdem er schließlich mehrere Tage damit verbracht hatte, die Anwaltskanzleien der Insel abzuklappern und sich mit lokalen Beamten zu treffen, fand er endlich so etwas wie eine heiße Spur.

Schmidt hatte herausgefunden, dass die fragliche Stiftung »Balthasar« in einem schicken Bürogebäude in George Town untergebracht war, in das man über ein Drehkreuz relativ einfach eindringen konnte. Schmidt beschloss, sich heimlich Zutritt zu verschaffen, um nach belastenden Unterlagen zu suchen. Er wartete, bis es dunkel war, und schlich sich dann an einem Freitagabend durch ein Fenster im hinteren Teil. Er landete in einem verlassenen Büroraum und machte sich auf die Suche nach Hinweisen.

Schmidt durchsuchte Schubladen und Aktenregale, fand aber nichts von Interesse. Gerade als er aufgeben wollte, entdeckte er einen versteckten Safe hinter einem Poster. Den Code hatte Schmidt praktischerweise gleich unter der Schreibtischauflage entdeckt. Wie sich die Menschen doch ähnlich waren! Der Safe öffnete sich mit einem Klicken und Schmidt fand eine Mappe mit Dokumenten. Er setzte sich auf den Boden und begann, die Unterlagen durchzusehen.

Es waren Quittungen für Überweisungen von Patienten, die kurz vor ihrem Tod in die Privatklinik eingeliefert worden waren. Es gab auch Notizen über bestimmte Medikamente und Dosisangaben. Schmidt wusste, dass er endlich Beweise in der Hand hatte, die seinen Verdacht bestätigten: Die Stiftung war Teil eines skrupellosen Betrugs- und Mordschemas, das in der Privatklinik praktiziert wurde.

Schmidt packte die Unterlagen eilig wieder in die Mappe und verließ das Gebäude so schnell und unauffällig wie möglich. Er wusste, dass er sie so schnell wie möglich der Polizei übergeben musste. Doch wie? Schließlich hatte er die Papiere illegal an sich genommen.

17. KAPITEL

Pfleger Max Heitmanns Blick war auf die Karten gerichtet, die vor ihm lagen. Seine Hände zitterten leicht, Schweißperlen bildeten sich auf seiner Stirn. Er hatte bereits all sein Geld in diesem schicken Casino verspielt, sogar sein Auto hatte er verloren. Aber er konnte einfach nicht aufhören zu spielen, die Sucht hatte ihn fest im Griff.

»Ich setze alles, was ich noch habe«, hörte er sich mit bebender Stimme zu dem Croupier sprechen. Heitmann legte seine letzten Scheine auf den Tisch.

Die anderen Spieler am Tisch warfen ihm mitleidige Blicke zu. Sie kannten Heitmann und wussten, dass er sich in Schwierigkeiten befand. Einer von ihnen versuchte, ihn davon abzuhalten weiterzuspielen, aber Heitmann hörte nicht auf ihn.

»Ich kann nicht aufhören, ich muss gewinnen«, dachte er verzweifelt.

Die Karten wurden ausgeteilt und Heitmann hielt den Atem an. Er hatte ein gutes Blatt, aber ob es ausreichte, um zu gewinnen? Der Croupier legte die fünfte Karte auf den Tisch und Heitmanns Herz schlug schneller. Er hatte gewonnen.

Heitmann atmete erleichtert auf und nahm seinen Gewinn entgegen. Er beschloss, damit aufzuhören und nach Hause zu gehen. Doch kaum hatte er das Casino verlassen, sah er eine Slot-Machine und konnte nicht widerstehen, weiterzuspielen.

Dr. Klara Müller saß an ihrem Schreibtisch und starrte auf die Akten vor sich. Sie konnte nicht glauben, dass seit der Durchsuchung in der Klinik vor drei Wochen nichts passiert war. Sie hatte der Polizei alles erzählt, was sie wusste, sogar die verdächtige Spritze mit dem Herzmedikament hatte sie ihnen übergeben. Doch seitdem war es totenstill.

»Ich verstehe das nicht«, murmelte Klara vor sich hin. »Es sind inzwischen zwei weitere Patienten gestorben, und nichts passiert. Wieso tut niemand etwas?« Sie konnte den Gedanken nicht ertragen, dass die Verantwortlichen für diese Tode noch immer ungeschoren davonkamen. Klara hatte darüber nachgedacht, zu kündigen, aber sie wusste, dass sie die Patienten nicht im Stich lassen konnte.

»Ich werde das nicht einfach so hinnehmen«, sagte sie entschlossen zu sich selbst. »Ich werde mich nochmal an die Polizei wenden und sehen, was ich tun kann, um endlich Gerechtigkeit zu erlangen.« Klara stand auf und griff nach ihrer Tasche, da öffnete sich plötzlich die Tür.

18. KAPITEL

Dr. Fenger betrat wütend das Arztzimmer. Sein Gesicht war rot vor Zorn und seine Augen funkelten bedrohlich. »Was wissen Sie über die Durchsuchung in der Klinik?«, fragte er in barschem Tonfall.

Klara zitterte, sie hatte Angst vor dem, was Dr. Fenger sagen würde. »Ich weiß nicht viel, ich habe nur meine Pflicht getan und die Polizei über meinen Verdacht informiert«, sagte sie leise.

»Ihre Pflicht? Sie haben uns in eine schwierige Lage gebracht. Wissen Sie, wie viele Patienten in der letzten Woche gestorben sind? Zwei. Und es gibt Gerüchte, dass Sie diejenige sind, die für ihren Tod verantwortlich ist«, sagte Dr. Fenger drohend.

Klara war geschockt. Sie konnte nicht glauben, was sie gerade hörte. »Das ist nicht wahr, ich habe nur versucht zu helfen. Ich habe niemanden umgebracht«, sagte sie und begann zu weinen.

»Ich hoffe für Sie, dass das stimmt. Aber wenn die Polizei Beweise findet, werden Sie die Verantwortung tragen müssen. Ich rate Ihnen, Ihre Geschichte sorgfältig zu überdenken, bevor Sie mit irgendjemandem darüber sprechen«, sagte Dr. Fenger und verließ den Raum, während Klara bleich im Gesicht zurückblieb.

19. KAPITEL

Rechtsanwalt Schmidt segelte wieder hinaus auf das Karibische Meer. Die Sonne schien und die Wellen waren ruhig. Er hatte seit Stunden keine Gedanken mehr an die anonyme Stiftung verschwendet und wollte einfach nur die Schönheit der Natur auf den Cayman Islands genießen.

Er erinnerte sich an die Regatta vor einigen Wochen, als er verloren hatte, und beschloss, heute besser zu segeln. Er konzentrierte sich auf den Wind, Kompass, das Großsegel und die Genua, was schwierig war, die Zeit verging wie im Flug. Plötzlich bemerkte er ein Motorboot, das ihm folgte und es schien ihm immer näher zu kommen.

Er versuchte, es zu ignorieren und weiter zu segeln, aber das Boot kam immer näher und rammte schließlich sein Segelboot. Schmidt wurde ins Wasser geworfen und kämpfte um sein Leben. Er schrie um Hilfe, aber das Motorboot drehte ab und verschwand.

Schmidt kämpfte verzweifelt gegen die aufgewühlte See an. Der Angriff auf sein Boot hatte ihn völlig unvorbereitet getroffen und er hatte kaum Zeit gehabt, sich irgendwo festzuhalten. Er strampelte mit den Beinen, um an die Oberfläche zu gelangen und schnappte gierig nach Luft, als er endlich auftauchte.

Schmidt sah sich hektisch um, in der Hoffnung, irgendetwas zu entdecken, an das er sich klammern konnte. Glücklicherweise entdeckte er in der Ferne eine Boje und schwamm verzweifelt darauf zu. Er war erschöpft und seine Muskeln schmerzten, aber er wusste, dass er diese Chance nutzen musste, wenn er überleben wollte. Als er endlich die Boje erreichte, klammerte er sich keuchend daran fest und sah sich um.

Er entdeckte in der Ferne ein Boot, das in seine Richtung unterwegs war und hoffte inständig, dass es ihn retten würde.

20. KAPITEL

Kommissar Eduard Groß und sein Kollege Jan Weber saßen an ihrem Schreibtisch und gingen gerade die Unterlagen der letzten Durchsuchung in der Klinik durch, als das Telefon klingelte. Es war die Polizei auf den Cayman Islands, die ihnen von dem Angriff auf Rechtsanwalt Schmidt berichtete. »Verdammt!«, fluchte Groß. »Wir hatten geahnt, dass da etwas faul ist, aber dass es jetzt zu solch drastischen Maßnahmen kommt …«

Weber schüttelte den Kopf. »Wir müssen so schnell wie möglich handeln. Schmidt war auf den Cayman Islands, weil er Nachforschungen über diese anonyme Stiftung anstellte, die in den Erbschaftsangelegenheiten der verunglückten Seglerin Ingrid Matthes und des verstorbenen Patienten Siggi Meyer eine Rolle spielt. Nun, da er angegriffen wurde, besteht kein Zweifel mehr daran, dass da etwas nicht stimmt.«

Die beiden Polizisten beschlossen, schnellstmöglich ihre Ermittlungen zu intensivieren und mit ihren Kollegen auf den Cayman Islands zusammenzuarbeiten, um die Hintermänner der Stiftung aufzudecken und die Verantwortlichen für den Angriff auf den Anwalt zur Rechenschaft zu ziehen.

Die Kinder von Siggi Meyer und ihre Ehepartner saßen gemeinsam in der Wohnküche von Thomas, als plötzlich das Telefon klingelte. Es war ihr Rechtsanwalt Schmidt, der ihnen mitteilte, dass er bei einem Segelausflug auf den Cayman Islands angegriffen worden war.

Die Nachricht traf die Familie wie ein Schock. »Wie konnte so etwas passieren?«, rief Maria Meyer aus. »Ist er schwer verletzt?«, fragte ihr Ehemann Walter besorgt. Der Anwalt beruhigte sie und erklärte, dass er zwar ein paar Prellungen und Schürfwunden davongetragen hatte, aber inzwischen außer Gefahr sei.

Die Familie war fassungslos. Sie hatten gerade erst den Schock über das vorenthaltene Erbe von Siggi erhalten und nun war auch noch ihr Rechtsanwalt in Gefahr. »Wir müssen etwas unternehmen«, sagte Thomas entschlossen. »Wir müssen herausfinden, wer hinter all dem steckt und warum sie uns das antun.«

21. KAPITEL

Die Kommissare Groß und Weber trafen am Flughafen George Town auf den Cayman Islands ein. Sie waren auf der Suche nach neuen Hinweisen im Fall des angegriffenen Rechtsanwalts Schmidt. Nachdem sie ihr Gepäck abgeholt hatten, fuhren sie direkt zum Krankenhaus, in dem Schmidt behandelt wurde.

Als sie das Krankenzimmer betraten, fanden sie den geschwächten Anwalt im Bett vor. Er war immer noch angeschlagen von dem Angriff, aber er war erleichtert, die Polizisten zu sehen. »Ich habe etwas für euch«, sagte er und übergab den Kommissaren eine Mappe mit Dokumenten. »Das sind Kopien der Unterlagen, die ich aus dem Büro der Stiftung zugespielt bekommen habe.«

Die Kommissare blätterten durch die Unterlagen und nickten anerkennend. »Das ist sehr hilfreich«, sagte Eduard Groß und ergänzte wissend lächelnd: »Danke, dass Sie das Risiko auf sich genommen haben, diese Unterlagen zu beschaffen.«

Schmidt grinste. »Ich tue alles, um diesen Fall aufzuklären«, sagte er. »Ich will, dass die Person, die mich angegriffen hat, zur Rechenschaft gezogen wird.«

Die Kommissare versicherten Schmidt, dass sie alles in ihrer Macht Stehende tun würden, um den Täter zu fassen. Sie verabschiedeten sich von ihm und versprachen, ihn auf dem Laufenden zu halten.

Bereits im Taxi zum Flughafen telefonierten sie wieder mit ihm. Kommissar Groß sprach in sein Handy: »Herr Schmidt, wir sind Ihnen wirklich dankbar für die Unterstützung in diesem Fall. Diese Dokumente werden uns sehr helfen, die Verantwortlichen zur Rechenschaft zu ziehen.«

Schmidt nickte im Krankenbett und erwiderte: »Ich bin froh, dass ich helfen konnte. Ich hoffe nur, dass ich nicht zu spät bin, um diese Verbrechen aufzudecken.«

Kommissar Groß sah seinen Kollegen Jan Weber an und sagte zu Schmidt: »Machen Sie sich keine Sorgen, wir werden alles in unserer Macht Stehende tun, um die Wahrheit ans Licht zu bringen. Und was diesen Angriff auf Sie angeht, werden wir auch dafür sorgen, dass die Täter zur Rechenschaft gezogen werden.«

Schmidt nickte dankbar und sagte: »Ich weiß es zu schätzen, dass Sie sich um mich kümmern. Ich hoffe nur, dass ich nicht zu schwer verletzt bin, um weiterhin in diesem Fall zu helfen.«

Kommissar Groß lächelte und sagte: »Machen Sie sich keine Sorgen, wir werden Sie auf dem Laufenden halten. Wir werden dafür sorgen, dass Sie alles erfahren, was wir herausfinden.«

Die Polizisten unterhielten sich noch eine Weile, während sie zum Flughafen fuhren. Schmidt erzählte ihnen am Telefon von seinen Erfahrungen auf den Cayman Islands und sie besprachen ihren Plan für die weitere Ermittlung. Es war ein angespannter und aufregender Tag für alle Beteiligten, aber sie waren zuversichtlich, dass sie bald Antworten auf ihre Fragen finden würden.

22. KAPITEL

Es war ein gewöhnlicher Tag für Klara, als sie in ihrem Büro saß und die Patientenakten durchging. Plötzlich hörte sie, wie die Tür aufgerissen wurde und jemand mit großen Schritten auf sie zukam. Sie blickte auf und sah Heitmann, den Pfleger, den sie schon seit einiger Zeit für verdächtig hielt.

»Was wollen Sie hier?«, fragte Klara und stand von ihrem Schreibtisch auf.

»Du denkst, du kannst einfach hier herumlaufen und den Leuten das Leben schwer machen, oder? Ich weiß, dass du die Polizei eingeschaltet hast«, knurrte Heitmann und packte sie an den Schultern.

Klara versuchte sich loszureißen, aber Heitmann war viel stärker als sie. Sie stieß einen Schrei aus und trat nach ihm, aber er packte ihren Arm und riss sie zu Boden. Sie landeten in einem Gerangel auf dem Boden, während Heitmann versuchte, ihr die Akten aus der Hand zu reißen.

Klara kämpfte verbissen um ihre Unterlagen und ihre Sicherheit. Mit aller Kraft schaffte sie es, Heitmann von sich zu stoßen und auf die Beine zu kommen. Sie rannte zum Fenster und riss es auf. Sie kletterte hinaus und ließ sich fallen. Sie landete auf dem Rasen und rannte, so schnell sie konnte, weg.

Heitmann stand am Fenster und schrie ihr nach: »Du entkommst mir nicht, du kleine Ratte!«

Aber Klara war bereits in Sicherheit und sie wusste, dass sie wieder die Polizei informieren musste. Sie hatte endlich Beweise gegen Heitmann und die Klinik und sie war entschlossen, diese zur Anzeige zu bringen. Klara rannte die Straße entlang, ihr Herz hämmerte in ihrer Brust.

Sie konnte das Echo ihrer Schritte hören und das Rauschen des Blutes in ihren Ohren. Sie warf einen Blick über die Schulter und sah Heitmann fast direkt hinter sich, sein Gesicht eine Maske des Zorns. »Bleib stehen, du dreckige kleine Verräterin!«, brüllte er.

Klara rannte weiter, ihre Beine schmerzten und ihre Lungen brannten. Sie wusste, dass sie nicht mehr lange durchhalten würde. Plötzlich sah sie eine Möglichkeit zur Flucht – ein offenes Fenster in einem der vielen Häuser an dieser Straße. Sie sprang ins Haus und landete auf einem Bett.

Klara rollte sich auf die Füße und sah sich im Zimmer um. Es war leer und still. Sie rannte zur Tür, aber sie war abgeschlossen. Verzweifelt sah sie sich um und entdeckte einen Schrank. Sie öffnete ihn und kletterte hinein und zog die Tür zu.

Klara hörte, wie Heitmann das offenbar in diesem Moment verwaiste Haus betrat und nach ihr rief. Sie hielt den Atem an und betete, dass er sie nicht finden würde. Sie konnte seine Schritte im Haus hören, als er durch die Räume ging, aber er kam nicht in das Zimmer, in dem sie sich versteckte. Nach einer gefühlten Ewigkeit hörte sie, wie Heitmann das Haus verließ.

Klara wartete noch ein paar Minuten, bevor sie vorsichtig aus dem Schrank kroch. Sie war unverletzt, aber ihr Herz raste immer noch. Sie wusste, dass sie nicht mehr lange sicher sein würde, wenn sie in der Klinik blieb. Sie musste fliehen und die Polizei informieren, bevor es zu spät war.

Dr. Fenger saß in seinem Büro und blätterte durch die Akten, als sein Telefon klingelte. Er nahm ab und hörte die Stimme von Heitmann am anderen Ende der Leitung. »Ich habe etwas, das Sie interessieren könnte«, sagte Heitmann und Fenger spürte, wie sich sein Magen verkrampfte. »Was ist es?«, fragte er mit angespannter Stimme. »Ich habe etwas über die Whistleblowerin herausgefunden«, sagte Heitmann. »Ich weiß, wer es ist.«

Fenger fluchte leise und fragte: »Klara Müller?«

»Ja, genau wie wir vermutet hatten«, sagte Heitmann. »Müller hat eine meiner präparierten Spritzen entdeckt und das an die Behörden gemeldet.«

Fenger kochte vor Wut. »Verdammt«, fluchte er. »Das bedeutet, dass wir sie loswerden müssen.« Heitmann zögerte einen Augenblick. »Sie meinen … Sie wollen, dass ich sie umbringe?« – »Nein, das meine ich nicht«, sagte Fenger schnell. »Aber ich denke, es wäre besser, wenn sie das Land verlassen würde. Ich werde mich darum kümmern, dass sie verschwindet, ohne dass es Verdacht erregt.«

Heitmann nickte. »Verstehe. Ich werde tun, was Sie sagen.«

Fenger legte auf und lehnte sich in seinem Stuhl zurück. Er wusste, dass er handeln musste, bevor die Polizei seine Verbindungen zu den Todesfällen aufdeckte.

Er wusste, dass er jemanden brauchte, der das für ihn erledigte. Er dachte an einen seiner Kontakte im organisierten Verbrechen, die er vor Jahren gemacht hatte. Er griff nach dem Telefon und begann, Nummern zu wählen. Nervös drehte er seinen goldenen Füllfederhalter zwischen den Fingern. Er wusste, dass er handeln musste, und zwar schnell.

Er musste zuerst einmal Heitmann aus dem Weg räumen, bevor er durch dessen Ungeschick alles verlor. Fenger griff wieder zum Telefon. »Ich brauche Ihre Dienste«, sagte er kalt. »Heitmann, der Pfleger. Er weiß zu viel.« Der Killer bestätigte und fragte nach dem Treffpunkt. Fenger nannte ihm eine verlassene Lagerhalle in der Nähe des Krankenhauses.

Fenger wartete ungeduldig in seinem Auto vor der Lagerhalle. Er zündete sich eine Zigarette an und blies den Rauch gegen die Windschutzscheibe. Plötzlich sah er, wie Heitmann in die Halle ging. Er stieg aus und folgte ihm.

Er hatte Heitmann den Treffpunkt genannt, in der Hoffnung, dass er dort auf den Killer treffen würde, den er engagiert hatte, um ihn aus dem Weg zu räumen. Er konnte es sich nicht leisten, dass Heitmann weiterlebte und seine Machenschaften aufdeckte. Er hatte alles aufs Spiel gesetzt, um diese Angelegenheit zu vertuschen, und er würde nicht zulassen, dass Heitmann das alles zunichtemachte.

Die Halle war dunkel und staubig. Heitmann stand mit dem Rücken zu ihm und suchte offenbar etwas. Fenger zog seine Waffe und schlich sich an ihn heran. »Max«, sagte er leise.

Heitmann drehte sich um und sah ihn mit großen Augen an. »Karsten, was soll das?«, fragte er erschrocken.

Fenger drückte ab. Dumpf schlug Heitmann auf dem Boden auf. Der Killer würde heute nur ein Ausfallhonorar erhalten.

23. KAPITEL

Anwalt Schmidt kehrte nach einer erholsamen Genesung von den Cayman Islands zurück nach Deutschland. Sein erster Weg führte ihn zu den Kindern von Siggi Meyer und ihren Familien. Die Trauer und Sorge in ihren Gesichtern war unverkennbar. Sie hatten Angst um Schmidts Leben und waren erleichtert, dass er es geschafft hatte.

Der Anwalt berichtete ihnen von seinen Entdeckungen auf den Cayman Islands und dass er endlich den unbekannten Dritten hinter der ominösen Stiftung aufgedeckt hatte.

Anschließend traf Schmidt sich mit den beiden Kommissaren in einem Konferenzraum, in dem Schmidt seine Entdeckungen und Beweise ihnen ausführlich vorlegte. Er berichtete noch einmal von dem Angriff auf hoher See und wie er um sein Leben gekämpft hatte.

Die Polizisten studierten noch immer die Dokumente, welche ihnen der Anwalt bereits auf den Cayman Islands übergeben hatte. Diese waren nicht leicht zu verstehen, doch enthielten sie Details über jene Stiftung, die in Verbindung mit dem Tod von Siggi stand. »Wir müssen diesen Fall endlich abschließen, bevor es noch mehr Tote gibt«, sagte Kommissar Eduard Groß. »Wir haben genug Beweise, um gegen jemanden vorzugehen.« Sein Kollege nickte zustimmend. »Wer ist der Verdächtige?«, fragte Anwalt Schmidt überrascht.

»Ein Vermögensverwalter namens Manfred Wilks«, antwortete Kommissar Groß. »Er hatte offenbar Kontakt zu Siggi Meyer, zu Ingrid Matthes und zu dieser anonymen Stiftung. Jan, lass uns gleich zu ihm fahren und ihn aufsuchen.«

Die Kommissare machten sich auf den Weg zur Emdener Innenstadt. Sie parkten vor dem Gebäude, in dem Wilks Büro war, und stiegen aus. Sie sahen sich um und entdeckten ein Schild mit der Aufschrift »Manfred Wilks Vermögensverwaltung«.

Schnell gingen sie hinein. »Polizei, wir möchten Herrn Wilks sprechen«, sagte Kommissar Groß zu der völlig überraschten Sekretärin, die ihnen die Tür geöffnet hatte.

Die Sekretärin führte sie in das Büro von Manfred Wilks. Dieser saß hinter seinem Schreibtisch und sah auf, als die Kommissare hereinkamen. »Was kann ich für Sie tun?«, fragte er.

»Guten Tag, Herr Wilks, wir sind von der Polizei«, sagte Kommissar Eduard Groß und hielt seinen Ausweis hoch. »Wir haben ein paar Fragen an Sie in Bezug auf eine Untersuchung, an der wir gerade arbeiten.«

»Natürlich, bitte nehmen Sie Platz«, antwortete Wilks und wies auf einen Tisch mit Stühlen auf der anderen Seite des Raumes.

Die Kommissare setzten sich und begannen, Wilks über seine Geschäfte zu befragen. Sie fragten ihn über seine Kunden, seine Transaktionen und seine Finanzgeschäfte. Wilks antwortete ruhig und sachlich, aber die Kommissare merkten, dass er nervös wurde, als sie ihn über seine Beziehungen zu bestimmten Stiftungen befragten.

»Herr Wilks, wir haben Informationen, dass Sie eng mit einer Stiftung auf den Cayman Islands verbunden sind«, sagte Kommissar Groß und legte die Dokumente auf den Tisch. »Können Sie uns etwas darüber erzählen?«

Wilks runzelte die Stirn und schwieg einen Moment. »Ich bin nicht sicher, was Sie meinen«, sagte er schließlich. »Ich habe mit vielen Stiftungen Geschäfte gemacht.«

Die Kommissare verließen nach einer Stunde das Büro von Manfred Wilks, während dieser ihnen aufgeregt hinterherblickte. Kaum hatten sie die Tür hinter sich geschlossen, griff Wilks zum Telefon und wählte die Nummer von Fenger.

»Sie waren hier, Fenger. Die Polizei war hier und hat mich befragt!« Wilks schrie fast ins Telefon. Fenger, der am anderen Ende der Leitung saß, blieb völlig ruhig. »Beruhige dich, Manfred. Was haben sie gefragt?«, fragte er. »Alles, Fenger. Alles über unsere Geschäfte, die Stiftung, alles!«, antwortete Wilks aufgeregt.

Fenger seufzte. »Das ist schlecht. Es wird gefährlich für uns, Manfred. Wir müssen uns treffen und besprechen, wie wir damit umgehen.« Wilks nickte hektisch. »Ja, ja. Natürlich, Fenger. Wann und wo?« Fenger überlegte kurz. »Ich bin in einer Stunde bei dir. Wir müssen uns beeilen.« Mit diesen Worten legte Fenger auf, während Wilks noch immer nickte und sich fragte, was er jetzt tun sollte.

24. KAPITEL

Chefarzt Fenger saß in seinem Büro und drehte unruhig den Telefonhörer in seiner Hand. Er wusste, dass er schnell handeln musste, um seine eigene Haut zu retten.

Fenger stand auf, ging zum Schrank und holte eine Waffe heraus. Mit schnellen Schritten verließ er sein Büro und machte sich auf den Weg zur Wohnung von Wilks. Unterwegs durchdachte er jeden seiner Schritte sorgfältig. Er wusste, dass er keine Zeugen zurücklassen durfte.

Als Fenger an Wilks Wohnungstür ankam, klopfte er leise an. Wilks öffnete die Tür und sah ihn überrascht an. »Karsten, was tust du hier?«, fragte er. Fenger gab keine Antwort, sondern hielt Wilks die Waffe an den Bauch und drängte ihn ins Wohnzimmer. »Wir müssen uns unterhalten«, sagte er knapp.

Wilks sah ihn entsetzt an. »Du willst mich doch nicht umbringen, oder?«, fragte er. Fenger antwortete nicht, sondern drückte ab. Der Schuss hallte trotz Schalldämpfer durch die Wohnung und Wilks sackte zu Boden. Fenger sah auf ihn herab und dachte, dass er endlich Ruhe hatte.

Er verließ die Wohnung und ging zurück in sein Büro, wo er sich in seinen Sessel fallen ließ und tief durchatmete. Er wusste, dass er einen schweren Fehler begangen hatte, aber er hatte keine andere Wahl gehabt. Er musste seine eigene Haut retten. Und diesmal würde er es richtig machen.

Fenger schlich sich in das Büro von Klara und wartete darauf, dass sie von ihrer Visite zurückkehren würde. Er hatte beschlossen, sie zu töten, da er wusste, dass sie die Whistleblowerin war und ihm gefährlich werden könnte. Als Klara endlich zurückkehrte, war sie schnell auf der Hut und erkannte Fengers Absicht sofort. »Was machen Sie hier, Herr Fenger?«, fragte sie und versuchte ruhig zu bleiben.

Fenger grinste bösartig. »Ich bin hier, um dich aus dem Weg zu räumen, Klara. Du weißt zu viel.« Er zog eine Spritze hervor und ging auf sie zu.

Klara reagierte schnell und schlug ihm die Spritze aus der Hand. Sie rannte aus dem Raum und schloss die Tür hinter sich ab. Fenger hämmerte gegen die Tür und brüllte, dass er sie kriegen würde. Klara rannte durch die Korridore der Klinik, immer auf der Suche nach einem Ausgang.

Schließlich gelang es ihr, in den Aufenthaltsraum zu flüchten, wo sie sich verbarrikadierte und auf Hilfe wartete. Fenger versuchte immer noch, die Tür aufzubrechen und brüllte Drohungen. Klara war am Ende ihrer Kräfte, aber sie wusste, dass sie weiterkämpfen musste.

Plötzlich hörte sie Schritte und Rufe auf dem Gang. Es war die Polizei, die von einem Angestellten der Klinik alarmiert worden war. Sie brachen die Tür auf. Fenger sprang aus dem Fenster.

»Frau Dr. Müller, sind Sie in Ordnung?«, fragte Kommissar Weber, während er sich zu ihr hinunterbeugte.

»Ja, ich bin okay«, antwortete Klara keuchend. »Dr. Fenger hat mich angegriffen. Er hat versucht, mich zu töten.«

Die Kommissare halfen ihr auf die Beine. Klara erklärte ihnen, dass Fenger derjenige war, der hinter all dem stand. Sie berichtete von ihren Verdachtsmomenten und wie sie schließlich die Wahrheit herausgefunden hatte. »Wir müssen ihn finden, bevor er noch mehr Unheil anrichten kann«, sagte Kommissar Groß.

Sie begannen sofort mit der Suche nach Fenger und informierten alle Behörden im Umkreis. Sie durchsuchten die Klinik und die Umgebung, aber Fenger war spurlos verschwunden. Es schien, als hätte er sich in Luft aufgelöst. Doch die Kommissare gaben nicht auf. Sie setzten ihre Ermittlungen fort und folgten jeder Spur, die sie finden konnten.

25. KAPITEL

Dr. Karsten Fenger, einst angesehener Chefarzt in einer idyllischen Privatklinik an der Nordsee und nun flüchtiger Mörder, hatte keine Zeit zu verlieren und beschloss, so schnell wie möglich zu fliehen. Er packte eilig ein paar Sachen in eine Tasche und begab sich zu seiner Segelyacht, die er im Hafen von Emden liegen hatte.

Er legte ab und setzte die Segel. Der Wind war stark und Fenger nutzte ihn, um so schnell wie möglich von der Küste wegzukommen. Er wusste, dass die Polizei ihn suchen würde und er musste schnell handeln, um ihnen zu entkommen. Er segelte in Richtung Nordsee und beschloss, nach Frankreich zu fliehen.

Die Segel knallten im Wind und das Boot schoss über die Wellen. Fenger hatte Angst, aber er war auch entschlossen, seine Freiheit zu retten. Er musste sich beeilen, bevor die Polizei ihn einholte. Er konzentrierte sich auf den Kompass und auf den Wind, während er das Boot durch die Wellen steuerte.

Die Sonne ging unter und Fenger wusste, dass die Nacht kommen würde. Er hatte Angst vor dem, was passieren könnte, wenn er im Dunkeln auf See war, aber er hatte keine Wahl. Er musste weitersegeln. Er segelte die ganze Nacht hindurch und beobachtete, wie der Himmel sich verdunkelte und die Sterne erschienen. Am Morgen erreichte er die französische Küste und er steuerte sein Boot in einen kleinen Hafen.

Fenger hatte die Yacht nachts in einem kleinen Hafen an der Nordseeküste von Frankreich vertäut und war unter falschem Namen in einem heruntergekommenen Hotel abgestiegen. Er wusste, dass die Polizei ihn suchen würde und er musste vorsichtig sein. In seinem Zimmer saß er auf der Kante des Bettes und starrte aus dem Fenster. Er hatte Angst, dass jemand ihn entdecken und die Polizei informieren würde.

Er dachte an die letzten Tage zurück, an die Flucht aus Deutschland, die ständige Angst vor Entdeckung und die Schuld, die ihn quälte. Er hatte Fehler gemacht, große Fehler. Er hatte Menschen getötet, um seine eigene Haut zu retten. Er war ein Mörder und er wusste, dass er für seine Taten bezahlen musste.

Er beschloss, seine Flucht fortzusetzen und sich einen neuen Plan zu überlegen. Er packte seine Sachen und verließ das Hotel. Er kaufte sich Kleidung und einen Wagen und fuhr in Richtung Süden.

Er wusste, dass er irgendwo untertauchen musste, wo ihn niemand finden würde. Er hatte gehört, dass Südfrankreich und Spanien beliebte Orte für Verbrecher waren, die untertauchen wollten. Er beschloss, dorthin zu fahren und sich eine neue Identität zu suchen.

26. KAPITEL

Die Kommissare saßen im Konferenzraum des Polizeipräsidiums, als der Anwalt Schmidt durch die Tür trat. »Herr Schmidt, wie geht es Ihnen?«, begrüßte ihn Kommissar Groß. »Ich bin noch etwas geschwächt von dem Angriff, aber es geht mir den Umständen entsprechend«, antwortete Schmidt.

»Wir haben die Dokumente, die Sie uns von den Cayman Islands mitgebracht haben, durchgesehen. Es sieht so aus, als ob Dr. Fenger der Haupttäter in diesem Fall ist«, sagte Kommissar Weber.

»Das habe ich auch vermutet«, erwiderte Schmidt. »Er hat sowohl Heitmann als auch Wilks benutzt und dann zum Schweigen gebracht, als sie für ihn zu einer Gefahr wurden.« Kommissar Müller nickte nachdenklich. »Wir haben bereits eine Fahndung nach Dr. Fenger ausgeschrieben. Wir werden ihn finden und vor Gericht bringen.«

»Ich bin mir sicher, dass Sie das schaffen werden«, sagte Schmidt. »Ich werde Ihnen jede Unterstützung geben, die Sie brauchen. Ich will, dass der wahre Täter für seine Verbrechen bestraft wird.«

Die Kommissare bedankten sich bei Schmidt und versprachen, ihn auf dem Laufenden zu halten. Sie verließen das Präsidium und machten sich auf den Weg, Dr. Fenger zu finden und ihm endlich Gerechtigkeit zuteilwerden zu lassen.

Es war ein kalter Winterabend in Frankreich, als Kommissar Groß und Kommissar Weber endlich die Spur von Dr. Fenger aufnahmen. Sie hatten Wochen damit verbracht, seine Verbindungen zu verfolgen und Beweise zusammenzutragen. Jetzt, fast am Ende ihrer Jagd, standen sie vor einer kleinen Fischerhütte an der Nordseeküste.

»Sind Sie bereit?«, fragte Kommissar Groß seinen Partner, während er seine Waffe entsicherte.

»Ja, lassen Sie uns diesen Mann endlich schnappen«, antwortete Kommissar Weber. Sie näherten sich der Hütte vorsichtig, bereit für alles, was passieren konnte. Sie hörten Stimmen und laute Geräusche aus dem Inneren. Plötzlich öffnete sich die Tür und Fenger trat heraus, eine Waffe in der rechten Hand.

»Stehen bleiben!«, rief Kommissar Groß und richtete seine Waffe auf Fenger.

»Sie haben keine Chance«, sagte Fenger, seine Stimme voller Hass. »Ich werde mich nicht ergeben.«

In diesem Augenblick begann ein Kampf ums Überleben. Fenger schoss wild um sich. Glas ging zu Bruch und die beiden Kommissare verfluchten sich dafür, dass sie von der französischen Polizei keine Verstärkung angefordert hatten.

»Fenger, das ist Wahnsinn!« – Kommissar Groß meinte sich ein bisschen selbst damit. Wie konnte er nur so unvorbereitet in eine Verhaftung gehen. Hatte er am Ende gar nicht mehr damit gerechnet, den Verdächtigen hier anzutreffen?

Schließlich gelang Kommissar Weber ein Schuss in Fengers rechten Arm. Vom Schmerz aufschreiend ließ Fenger die Waffe fallen.

»Es ist vorbei«, sagte Weber, als sie Fenger in Hand-
schellen abführten.

»Ja, endlich haben wir ihn«, erwiderte Kommissar
Groß.

27. KAPITEL

Unglaubliche 30 Millionen Euro stellten die Behörden schließlich bei der Stiftung sicher. Mit einer Mischung aus von Wilks gefälschten Testamenten und von Heitmann erzwungenen Änderungen der Patienten an ihren echten Testamenten hatten es die drei Täter geschafft, diese enorme Summe an Barvermögen, Aktien, Immobilien und sogar Booten zu ergaunern.

Der Haupttäter, das stand für die Polizei schon vor Abschluss des Gerichtsverfahrens fest, war jedoch Chefarzt Dr. Karsten Fenger. Er hatte den spielsüchtigen Pfleger Heitmann und den umtriebigen Vermögensverwalter Wilks auf den diabolischen Plan eingeschworen. Nun sah er seiner baldigen Verurteilung entgegen.

Dr. Klara Müller konnte sich derweil kaum der vielen Anrufe und E-Mails von Reportern erwehren. Selbst auf dem Bauernhof ihrer Untermietwohnung lungerten sie herum. Es war ein Jahrhundertverbrechen und dementsprechend kreisten gar Hubschrauber über dem beschaulichen Emden.

»Wer weiß«, dachte Klara im Stillen über das routinemäßige Sterben im Krankenhausalltag nach. »Vielleicht geht es in anderen Kliniken in Deutschland ganz ähnlich zu.« Sie erschrak, als es an der Tür klingelte.

Es waren Thomas und Maria mit Walter, Inge und Anwalt Schmidt. Über den Fall waren sie miteinander in

Kontakt gekommen und schließlich zu guten Freunden geworden. »Ich beglückwünsche euch zu einem Erbe vor Steuern von 5 Millionen Euro«, sagte Anwalt Schmidt zu Siggis Kindern. »Fast alle Vermögenswerte konnten sichergestellt werden.«

Maria schaute wütend. »Wie kannst du uns beglückwünschen, nach dem, was unserem Vater widerfahren ist.« – »Du hast Recht«, entschuldigte sich Schmidt verlegen. Thomas griff ein: »Nein, nein, du hast fast selbst mit dem Leben bezahlt, um uns zu helfen. Hoffentlich finden wir bald heraus, wer dich beim Segeln attackiert hat.« Allgemeines Nicken.

Schmidt dachte mit Unbehagen daran, dass es hier noch einige offene Fragen gab. Sein Blick glitt über die nahe Nordsee. Rau und stürmisch. »Wie die menschliche Seele«, dachte Schmidt und griff nach seiner Teetasse.

Über die Autorin

 Eva Wolf wurde in Schmallenberg geboren und studierte Biologie und Deutsch. Seit Ihrer Pensionierung lebt sie an der Nordsee. Dies ist auch einer der Schauplätze ihres Romans "Mordswelle" – ein Bye-Bye für den Skipper.